아무르 호랑이를 찾아서

시로여는세상 기획시선 009

아무르 호랑이를 찾아서

성배순 시집

시로여는세상

시인의 말

나의 혀로 잘라 낸

수많은 발들이

툭 하면 발을 건다.

쩌르르, 울리는 이 통증

눈물 나게 감사하다.

시가 선택한 그대들에게

이 시집을 바친다.

아무르 호랑이를 찾아서

차례

제2부

제3부

제4부

해설

제1부

족저근막염

아침, 첫발을 디딜 때 발바닥에서 올라오는 찌릿찌릿이 통증을

의사는 족저근막염이라 했다.

붉은 족적을 남긴다는 인천의 족적이란 이름의 매운 족발집에서,

족저근막 어디쯤인지 정확히 잡혀지지 않은 내 통점이.

뒷걸음질로 걸었다는, 자기 앞에 찍힌 발자국을 보려 그랬다는

어떤 시인의 외로움 또한.

앞으로 앞으로만 달리는 사람들은 모두 이 병을 앓고 있다고, 이봉주, 황영조 같은 마라토너들도 이 병으로 수술을 받았다며 의사는 내게 뒷걸음을 권했다.

프로크루스테스의 침대에 눕힌 많은 사람, 책, 사물……들,

나의 혀로 잘라 낸 수많은 발이 허공을 날아다닌다.

발뒤꿈치 깎아내며 억지로 구겨 넣었던 시인이란 신발 속에서 내 통점은

족저근막이 아니라 족적근막임을 알겠다.

틸란시아Tillandsia*

이국의 식물원에서 비싼 몸값을 지불하고 사 왔다는 틸란을, 안동의 늙수그레한 사내가 자랑을 한다. 정글 속의 그늘, 아열대의 뜨거운 태양, 서늘한 고산지대를 뿌리 없이 떠돌던 그녀를, 질그릇에 꽂는다. 붉게 물든 흙 한 삽을 떠서 온몸으로 누른다. 그녀의 잎 주변 솜털이 파르르 떨린다. 뿌리가 없으므로 밑동이 썩어 죽을 수 있다는 식물관리사의 주의는 벌써 사라져 버렸다. 세상에 뿌리 없는 식물이 어디에 있냐고 아무 곳에나 정 붙이고 살면 뿌리가 솟는 것 아니냐고, 사내는 밤낮으로 지하수 물을 들이붓는다. 외국에서 다만 건너왔다는, 눈이 시퍼렇게 살아 있는, 틸란들을 땅에 묻고 있다는 소문이 안동을 거쳐 천안을 지나 전국으로 퍼져 나갔다.

* 애완식물(pet plant)로 흙 없이, 뿌리 없이, 공중에서 산다.

14

구석의 구석의 구석의

언제부터
머리카락, 동전, 빵조각들과 어울리기 시작한 거니?

이사 오고부터였니?
머리핀, 목걸이, 반지를 훔치기 시작한 것이?

유리조각, 검정볼펜, 압핀은 왜 삼킨 거니?
몸이 온통 푸르딩딩하구나

어미들이 문 걸어 잠그고 나가
밖에서 맞는 동안
안에서 씩씩하게 독을 키우고 있는 구석

아이들

사바나 암사자

비릿한 피 냄새, 쉰 고기 냄새가 가깝다
서열 싸움에서 이긴 새 수컷이 눈에 들어오자
암사자는 진저리를 친다
잘 안 나오는 젖을 물고 칭얼대는 새끼를 억지로 떼어낸다
등 쪽으로 당겨 올라간 배를 일으킨다
젠장, 새끼 엉덩이를 핥아 줄 시간이 없다
서둘러 새끼 목을 물고
사─분 사─분 사분사분 삽삽삽
암갈색 피부를 닮은 갈대숲으로 숨는다
건기 다음엔 우기가 반복되는 곳 사바나, 의 법은
자기 새끼만 살아남게 하려고 다른 새끼를 죽이는
수컷의 법
두리번두리번 암컷의 눈은 언제나 산만하다
어제는 영역 안에서 어렵게 잡은 사슴을
하이에나 떼에게 빼앗겼다
주변에서, 황금 갈기를 바람에 휘날리며
새로 등극한 수사자는 코 골기를 멈추지 않았다
암컷은 뒷발로 흙을 파낸다

누구도 대신해 주지 않는 이 싸움
꼬리에 달려 있는 발톱으로 등줄기를 후려쳐 본다
저어기 먹잇감이다
하쿠나 마타타*
수컷이 잠에서 깨기 전
갈대숲 속 새끼를 발견하기 전
이 사냥을 끝내야 한다
전력질주, 지금은 저것만이 표적이다

* '모든 것이 다 잘 될 거야'라는 뜻의 스와힐리어

아무르 호랑이를 찾아서

지금쯤 아무르 강물에 몸을 적신 그가 푸르르
황갈색 몸 털기를 하겠다.
장백산맥을 타고 백두산으로 들어 왔겠다.
서둘러 아름드리 숲으로 간다.
으앙 스무 살 아가가 칭얼대며 쫓아온다.
으아앙, 서른의 아가가 고막에 대고 소리치며 운다.
안 돼! 절대 뒤 돌아보지 마!
귀를 막으며 커다란 너럭바위 밑 굴속으로 들어간다.

이제 함경산맥을 거친 그가 태백산맥을 내려오다가
방향을 틀어 차령산맥으로 들어 왔겠다
사람에게 노출을 꺼리는 그가 은밀한 그가
꼬리를 살짝 치켜들고 두둥실 나타나면
어흥, 닮은 두 눈이 마주치면
아기가 사라지 못하게 척척 모든 걸 대신해주던 팔다리
옜다~ 던져 주리라
커다란 아가를 업어주던 흰 등도
옜다~ 내밀리라

그렇게 완전히 먹히고 나면
호랑이는 내가 되고 나는 호랑이가 되고
사뿐사뿐 산 넘고 물 건너 집으로 갈 테다
가장 먼저 벽과 천장에서 사탕을 떼어내고
어흐흥! 눈을 휘둥그레 뜨고
어른, 아기들에게 소리칠 테다
당장 이 집에서 나가!

코끼리 사냥법

노련한 사냥꾼은 코끼리 사냥을 할 때 늙은 암컷을 공격한다지?

무리를 이끄는 늙은 암컷을 공격하고 아기 코끼리들을 모조리 사냥한다지?

동물원에 끌려간 아기 코끼리들 흐엉 흐엉 코를 높이 들고 울부짖는다.

할머니! 여기는 사방이 막혀 있어요. 아기코끼리들이 커다란 귀를 펼쳐본다. 할머니! 어떤 풀이 독이 없는 거예요? 할머니! 몸에 진흙을 발라야 하는데 흙이 안 보여요. 할머니! 할머니! 쉴 새 없이 떠드는 아기코끼리들의 저주파 언어가 동물원 허공 위를 날아다닌다. 조련사의 불훅이 몸을 찌를 때마다 급하게 코를 들어 훌라후프를 돌린다. 붓으로 그림을 휘갈긴다. 할머니가 사라진 마을에서 아기코끼리들이 혼자서 늙는다.

역사 사냥꾼은 늙은이를 공격해야 그 무리가 흐트러진다는 걸 알고 있다지?

밥만 축내는 쓸모없는 노인을 숲에 버렸다는 거짓의

역사를 그래서 만들었다지?

　그런 줄도 모르고 우리는 얼마나 많이 고개를 숙였는지.

　흰 한복을 곱게 입은 그 가수가 '꽃구경'을 부를 때에도.

　마을에서 노인이 사라진 후, 골목을 서성이는 아이들, 주먹을 날리는 아이들, 구석에 앉아 검은 비닐봉지를 코에다 대는 아이들, 놀이터 그네에 앉아 혼자 늙고 있다는데,

　노련한 사냥꾼은 사냥할 때 늙은 암컷 먼저 공격한다지?

다시 또 황사

홀도로게리미실, 역련진팔라, 백안홀도, 역련진반, 보탑실리……는, 그 女들의 이름이다. 댕기풀이, 다홍치마를 벗고서도 단 한 번도 사내 품에 안기지 못했던, 천 년 전쯤 살다간 몽골의 공주들. 알지도 못하는 연지곤지 찍고, 고비사막을 지나 다시 또 돌아온다. 편서풍 타고,

이번에는 누가 뭐라해도 울타리마다 알콩달콩 꽃봉오리 툭툭 터뜨릴 거예요 부드러운 다짐은, 변함없는 홀대에 또 황사가 되고,

제발 내 얘기 좀 들어줘요 출입국관리소, 시청, 동사무소 문마다 죄 흔들고 다니는데, 색안경을 쓴 무리 여럿이서 지나간다. 캭캭 침을 뱉으며, 마스크로 입을 막고,

기도의 첨막에 악착같이 매달려 있는 그 女들을 떼려고, 문자로 귀를 막으며, 마스크로 입을 가린 사람들이 병원 문 앞에 줄을 선다.

그 女들의 이름은 홀도로게리미실, 역련진팔라, 백안홀도, 역련진반, 보탑실리……,

스토커, 엄마 1

딸이 가는 길마다
딸의 딸이 가는 길마다
졸졸 따라다니는 달빛 엄마를
달빛 엄마의 엄마를 피할 수 있다고 생각하니?

─이렇게 불쑥 찾아오면 어떡해?

독립을 선언하고 아홉 정거장 거리에서 자취하는 딸한테
등 떠밀려 나오는데
서편 하늘에서 반짝 들리는 웃음소리

─이게 그렇게 고소해? 엄마는?
떠난 지 십 년이면 이제 날 내버려 둘 때도 됐잖아?

스토커, 엄마 2

빛이 들어가지 않는 둥근 집에서

밤이면 밤마다 빠져나와

저만치 떨어져서

눈을 찡그리고

내 뒤를 쫓고 있는

그믐달

마리오네트

내일 또 와!
안 오면
죽어 버릴 테다

나도 사람이 될 수 있을까?

끔찍해!

제2부

참 매미, 시끄럽다

열흘간의 휴가를 받은 무기수들, 지하에서 구더기로 손가락질 받던 티토노스들이 지상으로 올라왔는데, 나뭇가지를 잡고 나무에 오르려고 꿈틀거리는데, 몸통 부분을 잘록하게 만들어 머리를 부풀리며 냄새나는 가죽 부대를 벗어버리는데, 까만 눈동자를 끔벅이며 지하와 다른 세상을 바라보는데, 몸의 체온이 올라가기를 기다렸다가, 복부에 숨겨놓았던 발음기관으로 '노숙자 철거 반대'라는 소리를 만들어 일제히 맴맴 거리는데, 조용히 잠잘 권리를 외치는 대한민국 시민들, 물 폭탄을 만들어 쏘는데,

방금 탈피를 끝낸 매미 한 마리가 신문 사회면 구석으로 툭, 떨어지는데,

서바이벌 게임

'자연보호'를 가슴에 두르고 서울 신설동 지하철 1호
선 앞에서 우리는 대절버스에 올랐다. 금방 "Stop!
Crackdown!(단속을 멈춰라!)"팻말을 든 이주 노동자
수십 명을 만났다. 촛불들이 타고 있었다. 아프리카 민
속악기 젬베소리와 "강제추방반대"구호가 대절버스에
합승했다.

한여름, 해당화 군락지가 있는 신두리 해안 사구에 도
착했다. 해외에서 날아와 귀화한 꽃이 최근 들어 부쩍
늘어 큰일이다. 시인이라는 해설사가 따라와 침을 튀겼
다. 한그루도 남김없이 토벌하자고 했다.

사구 구석에 숨어서 저희들끼리 핀 꽃들이 노랗게 떨
고 있었다. 우리는 뿌리까지 하나하나 뽑아 나갔다. 뜨
거운 햇볕에 금세 시들해지겠지만 불로 대워 씨까지 없
애야 한다고 누군가가 큰소리로 제안했다. 나는 문득,
귀가 가려워서 털고 또 떨고,

우리들의 두통

톡 톡 톡톡톡 톡 톡 톡톡톡
최근 들어 그의 수작이 잦다

청정지역에서만 사는 깨끗한 몸이라고
한때 포세이돈의 마차를 끌었던 신화의 주인공이라고
버릇처럼 꼿꼿하게 반짝이는 눈동자를 굴린다
절대수컷이 되어 수백 마리 새끼를 낳아 주겠다고
커다란 집도 지을 대지도 갖고 있다고

톡톡톡 톡 톡 측두엽 속 해마, 가
긴 입술로 연거푸 입맞춤을 날리고 있다

지금 그의 발은 사람이 살지 않는, 마을 위 세상을 날
아다니고 있다

켄타우로스 공화국

우리나라 마을마다 들판마다 봄이면
솜방망이 꽃이 활짝 핀다

상반신은 사람이고 하반신은 말인 켄타우로스가, 검
은 켄타우로스가, 흰 켄타우로스가, 워커 신은 켄타우로
스가, 구두 신은 켄타우로스가, 군복 입은 켄타우로스
가, 양복 입은 켄타우로스가, 꽃 냄새를 맡고 히힝, 히히
힝, 정원까지 들어 와 뛰어다니는 동안, 한옆에 가지런
히 놓여 있던 도가니들이 하나하나 금이 가고 깨져 버렸
다

법원 앞 화단에 솜방망이 꽃이 잔뜩 피어서 그 냄새가
코를 찌르는 동안,

선인장 1

제발 날 좀 혼자 있게 내버려 둬

꼭꼭 유리문을 닫았는데

햇살은 왜 들어오는 건데?

달빛은 왜 들어오는 건데?

온몸이 가시인 선인장 아이가

집과 밖의 경계, 유리문 안에서 소리 지른다

눈에 잘 보이지 않는 가시가 박혀 온몸이 욱신거린다

유령거미

날개 없이 허공에서 산다, 아니 죽는다.
머리 없는 몸이
세로실 통로에서 불쑥, 나타났다 사라진다.
하, 멈출 줄 모르는 식욕
자신의 그림자까지 먹어 치운다.
새 몸을 위해 기꺼이 너를 버리라고
방적돌기의 수백 개의 입이 끈적끈적 자유를 내뱉는다.

괄약근이 변비로 고통받을 때
당신도 혹 유령사냥꾼을 생각해 본 적이 있는가.
먹물로 짠 경그레 칸칸마다 부풀어 오른
말랑말랑한 정치
유령거미가 어슬렁어슬렁 흔적 없이 먹어 치운다.

쉿! 입에선 달지만
소화는 잘 안 되더란 말은
항문이 근질거려 참기 힘들겠지만
누설하지 마

여기는 유령공화국이니까.

조각조각 이 시를 먹고 있는 당신
이미 거미줄 끈끈이 가로줄 위에 있다는 걸
지금쯤은 눈치채셨는지.

선인장 2

여기 있어요. 가시 하나
던져 주고 한 고개를 넘을까?

오랜 건기와 태양과 바람에 맞서느라
뾰족해진 가시를 아이는 윤이 나게 닦는다

눈부시게 빛나는 가시 앞에서
호랑이 엄마 손톱이 슬그머니 안으로 오므라든다

다시, 4월

꽃,

　꽃,

　　잎,

　　　잎, 들이

　　　　피기도 전에

　　　　　갑자기 떨어졌다

　　　　　　깊은 바닥에 오랜 '세월' 동안

　　　　　　　움직이지 않고 가만히 박혀있다

304개의 화인이다

진도 팽목항에 떠도는,

어떤 염습

한전에서 몇 번의 부재중 전화가 와 있었다
0원이라는 전기사용료가 의심스러웠을 것이다
기름을 아끼려고 보일러를 안 켰을 거예요
전기 요금이 부담스러워서, 배고픔을 잊으려고
저녁 일찍 잠자리에 누웠을 거예요
예닐곱 껴입은 할머니의 옷을 하나하나 벗기면서
예전에 복지사로 일했다던 장례사가 설명한다
연락도 되지 않는 아들이 호적에 버티고 있어서 혜택
을 못 봤어요
한 달 만에 발견된 노인은 차갑게 얼어 있었다
장판을 걷어내자 만 원짜리, 천 원짜리 돈뭉치가 수북
이 나왔다
그녀가 악착같이 모은 장례비용이다
그곳에선 따뜻하게 보내세요. 굶지도 마시고요
꼭 다문 입을 열고 하얀 쌀을 소복하게 넣는다.
질항아리 가득 하얗게 핀 안개꽃
평생이 배경이던 그녀가
오늘은 주인공이다

선인장 3

솜털 가시가 자라기 시작한 아이들이

어른이 사라진 골목을 서성이는 동안

어른, 아이들은 동네를 빙빙 돌아 집으로 간다

제3부

보일러 수리

툭하면 그릉그릉하다 드러눕고 마는
보일러를 진찰받기로 했다.

의사는 검지와 중지 마디를 구부리더니
몸 이곳저곳을 두드리며 귀를 가까이한다.
바람이, 물이, 몸 네 귀퉁이마다 쌓여 있으니
따뜻해질 리가 없지 혼잣말을 하며 몸통을 흔들어댄다.
둥근 나사를 풀고 육중한 보일러의 몸을
힘겹게 열어젖힌다.
하초에선 불순의 시간이 쿨렁쿨렁 쏟아진다.
한참을 기다린 후 그을음의 더께를 긁어낸다.
안 보이는 내장일수록 깨끗해야 뒤탈이 없다는 듯
헝겊으로 꼼꼼하게 닦아낸다.
그믐달 빛이 어슬렁 창문을 넘어 기어들어 온다.
방금 배달된 피 한 봉지를 급하게 고무호스를 통하여,

보일러는 비로소 온몸을 흔들며 멈추었던 역사를 움
직이기 시작했다.

기둥서방 1

뚱딴지같은 이야기로 들리겠지만 그가 내 안에 들어온 것은

그해 가을 노랗게 흔들거리는 뚱딴지 꽃을 본 후 어지럼증을

일으킨 때부터이다.

본디 뿌리가 없으므로 바람을 따라 굴러다닌다고

입속에 사탕을 굴리며 그가 말했다.

내게서 아찔한 그의 단내를 맡은 사람들이 한마디씩 했다.

그에게 먹힌 여자가 한둘이 아니라고.

목맨 여자들의 이름까지 들먹거리며

몰래 비상을 건네는 이도 있었다.

효험이 있었냐고?

글쎄,

혈기 왕성한 그는 잠까지 앗아먹고

끊임없이 사탕을 요구했다.

날 떠나지마, 내겐 당신뿐이야.

그를 부양하느라 난

붉은 사탕수수밭을 경작해야 했고
내 가계는 곤두박질 쳤다.

텀블위즈*라 불리는 당신, 내 발목을 콱 물고 있는 우
울.

* 텀블위즈(tumbleweeds):뿌리가 없이 바람이 부는 방향으로 이동해가면서
살아가는 식물

기둥서방 2

어느 날, 세상이 깜깜하였다.

그때, 그를 만났다.

그가 어디서 흘러 왔는지는 아무도 모른다고 했다.

다만, 탐*이라는 이름만 떠돌았다

그와 동거한다는 이가 기하급수적으로 늘고 있다는

소문이 무성했다.

모두들 쉬쉬하는 눈치였고 나 또한 그러하였다.

침대 밑에, 장롱 안에 그를 꼭꼭 숨겼다.

불러오는 내 배를 의심한 엄마는

쯧쯧, 그에게 먹혔구먼! 혀를 차더니 큰 무당에게서

요즘 불티나게 팔린다는 타미플로라는 부적을 사다

주었다.

부적의 효력으로 난 지역의 탐관오리가 되어

눈에 보이는 모든 것을 먹어 치웠다.

흙도, 나무도, 강물도, 퍼마셨지만 허기는 사라지지 않

았다.

태양도, 달도, 별도, 따 먹었지만 배에서는 하루 종일

꼬르륵 소리가 났다.

어느 날, 세상이 깜깜하였다.

내 꼬리만이 날 반겨 주었다.

내가 사랑하는 방법은 오로지 먹는 것이었으므로

난 내 꼬리를 먹기 시작했다.

* 눈에 보이는 모든 것을 먹어치우는 탐(貪)과의 부적절한 관계를 만천하에 밝힌
이가 있었으니, 그의 이름은 구(丘)이고 자는 중니(仲尼)이다. 그는 대대손손 이
사실을 자랑하기 위해 출입문 가득 탐의 모습을 그려놓아, 그의 후손들에게 탐을
절대 탐하지 못하도록 엄포를 놓았는데 이는 근친을 경계했음이다.

불면

양쪽 겨드랑이에, 다리 사이에, 아가들을 끼우고
수면 아래로 내려간다

그곳에 오래전에 이사 온 엄마, 엄마의 엄마, 할머니의
엄마가 기다리고 있다.
죽어서도 죽지 못하는 엄마들이 자식의 꿈속을 오르
락내린다.
꿈을 먹고산다는 동물 맥들이 급하게 찾아온다.
맥 한 마리
맥 두 마리
……
아흔 아홉 마리 맥들이
엄마 맥, 할머니 맥, 할머니의 할머니 맥……들이
긴 코를 킁킁거리며 엄마, 엄마의 엄마, 할머니의 엄마
꿈들을 핥는다.
─잘 자라, 귀여운 아가, 어서어서 자거라

물푸레나무의 뿌리가 물속으로 뻗어 있는 강가

물고기들은 흰 뼈를 보이며 출렁거린다.

물풀 사이에 눕는다.

첫째 아이가 나온다

둘째, 셋째, 넷째, 다섯째아이가

방울방울 끊임없이 기어 나온다

미늘 같은 뾰족한 입을 오물거린다

—엄마, 숨을 쉴 수가 없어요. 수면 밖으로 우리들을
밀어 올려 주세요

맥 한 마리

맥 두 마리

……

아흔아홉 마리 맥들이

꿈속에 갇힌 엄마, 엄마의 엄마, 할머니의 엄마 맥들이

혀를 길게 빼고, 헉헉거리며,

배순이라는 물고기*

눈을 붙이고 쉴 줄 모르는
포식자, 움직이는 모든 것을 빨아들이는
놈은, 微國에서 왔다.
수초 위에 앉아 있는
작디작은 물잠자리를 먹어 치우고
폴짝폴짝 뛰는 개구리도 삼키고
지금 강과 저수지에 살고 있는 모든 것들을 입질하는
놈은, 지그재그로 지느러미 흔들며
수면 밖으로 살찐 몸뚱이 내비친다.
모래자갈 속 수백 마리 알들 고스란히 부화시키는
놈은, 이제 사람들의 몸속에
서식지 만들 채비를 하고 있다.
뇌 안에 구멍을 뚫어 숙주를 키우려고
영화 '괴물'의 마지막 장면에서 보았다.
세상을 조종하던 놈의 큰 입을
화면 밖을 삼키고도 남을 그 커다란 블랙홀
어느 날부터인지
자신의 이름도 토종처럼 슬그머니 바꾸고

우리에게 접근하고 있다.

입맛을 길들이고 있는 줄 모르는 놈에게

이름을 빼앗긴 줄도 모르는, 나는,

*낚시꾼들은 큰 입 베스를 음어처럼 배순이라고 부른다.

冷藏 고에 대하여

방금 먹었다는 사실을 자꾸만 잊어버리는
그녀의 폭식증
의사는 금식을 처방했다.

먹을수록 세차게 밀려오던 허기가
비로소 사라진 것일까
그녀는 몸 안의 것들을 토해내기 시작한다.
30년 동안 쟁여져 있던
첫사랑, 웬수, 화살꽂이, 쓰레기통, 그리움……의
시꺼먼 비닐 아버지들이 녹아내린다.
순간 몸 안의 불이 환해지더니

붉은 冷藏 고는 검은 冷藏 고를 먹고 검은 冷藏 고는
삼베 冷藏 고를 먹고

사라진 것들 금방 잊어버리고
몸이 먹은 밥을 또 찾는다.
冷藏 고가 있던 자리에 깊게 파인 자국

〈

　(이 시는 방부제를 넣지 않았으므로 반드시 냉장보관
하시오)

아바타

수많은 형천*들이 삼삼오오 가게 문을 밀고 들어간다.
젖으로 눈을 삼고 배꼽으로 입을 삼아
주절주절 저희끼리 소란하다.
최신유행이라는 신형 얼굴 코너로 우르르 몰려간다.
흥정 없이 싹쓸이한다.
목 위로 똑같은 얼굴들을 얹고 골목을 오고 간다.
머릿속 촉수를 스칠 때마다 서로의 촉수를 붙여보고
같은 종족임을 확인한다.

한밤중 문득 낯선 얼굴에 기겁하고
벗어놓은 자신의 얼굴을 거울 속에서 찾아본다.
양손에 얼굴들을 하나씩 번갈아 들며
목 위로 얹어보고 사지를 맞춰본다
젠장, 여러 아바타**를 거치는 동안
얼굴들이 희미해져 버렸다.
방안 가득 낯선 얼굴들이 낯선 얼굴들을 바라본다.

천산에 사는 신 제강***이 내려다보고 재미가 있었는지

얼굴 없는 어깨를 들썩거리며 웃고 있더라.

창벽에서

망초 올망졸망 톡톡 터진 금강기슭
띄엄띄엄 금계국 현기증 일으킨다.
길이 끝나는 곳에서 올려다본 창벽은
아득하다, 아련하다.
승경을 다투던 예전 모습 그대로
프르창창, 위풍당당하다.

기암절벽 위 나무 사이로 뻐꾸기 나는지
뻐꾹, 소리는 허공에 물결을 만들고
창벽산에서 내려오는 박초바람은
금강에 초록 주름을 만든다.
한낮의 햇살에 내 눈도 반쯤 덮인다.

불티교 아래로 달려오던 물 아기들
수런수런 잠시 수위가 높아지고
그래, 알았다 창벽 어미의 녹색손이 토닥거리자
금세 유순해진다.
〈

흘러가는 백제를 지켜보던 저 초록의 눈빛, 수심이 깊다.
우금치 전투에서 흘린 동학농민군의 피도 받아냈다.
욕심 많은 사람, 덜컹거리는 흰 모래 자갈길
통째로 퍼 가는 걸 지켜보았다.

이제, 그녀가 물의 초록방 속으로 몸을 깊게 눕히고 있다.
금강이 물 이불을 최대한 끌어당겨 덮어 주고 있다.
그녀의 녹색 주름이 천천히 펴지는 걸
닫혔던 반쯤의 눈을 뜨고 오래오래 지켜보았다.

생일잔치

이불이 두껍게 깔려 있는 아랫목 옆에
누렇게 빛바랜 신문이 펼쳐져 있다.
신문지 위에 뎅그러니 놓여 있는 양은 도시락
혼자 사는 그의 화려한 식탁이다.
느루 먹기 위해 물 말아 퉁퉁 불은 밥풀떼기 한 개
사회면 한 귀퉁이를 굴러간다.
필터만 남은 꽁초를 찾은 그가
낡은 주머니 속에서 라이터를 꺼낸다.
쿨럭쿨럭 기침할 때마다
꼿꼿이 일어서는 허기
그는 두 팔로 자신을 꼬옥 껴안는다.
젠장, 배고픔은 문지른다고 해결되는 게 아니지
연기 속으로 그의 기침 소리가 사라진다.

어리 호박벌

고마리 구멍가게
먼지 낀 꿀단지 뚜껑을 열어
킁킁 냄새를 맡아보고
손가락을 쿡 찔러 혀끝에 묻혀보고

호박꽃 편의점, 민들레 백화점
구석구석 돌아다니며 같은 짓을 반복하는
노란 줄무늬 스웨터를 입은 임산부
어리호박벌의 허벌나게 쳐대는 작은 날갯짓

CCTV가 빠르게 좇고 있다

색소폰에 대하여

광택이 사라진 녹슨 동굴엔
아주 오래된
한 마리 착한 짐승이 잠들어 있지

아주 천천히 그녀에게 입을 맞추지

우우우 황금빛 갈기를 털며
그녀가 비로소 눈을 비비지
몇백 년의 시간을 걸어왔는지
그의 홍채를 읽으며
그녀는 다시 눈을 감지

텅 빈 허기가 일어서자
얼굴에 찰싹 달라붙은
착한 탈을 뜯어내고
처음인 듯 마지막인 듯
울부짖지
〈

이제 그만
착하지, 예쁘지
그가 주문의 입을 맞추지
동굴 깊숙이 그녀를 다시 봉인하지

소리의 무덤

고막 깊숙이 소리의 발톱을 박고
한 번도 울어본 적 없는 울음소리를 흉내 내고 있다
울림통이 없어 울리지 않는 소리는
산란관을 세차게 흔들어도 솟구치지 않는다
세상이 온통 하얘져서
소리구멍을 손바닥으로 막았다 떼었다 하면서
두 귀를 흔들면 소리의 날개들이
바스락 부서져 떨어진다

소리의 뿌리는 처음부터 허공에 드러나 있고
등뼈를 보이며 수면위로 헤엄친다

이 소리의 무덤은 처연하다

제4부

고무신 한 켤레

날기 전에 먼저 몸이 데워져야 한다
는 걸
비로소 느낀 걸까
수시收屍 끝나고 사잣밥 옆에 앉은
나비 한 마리, 날개 그득 아침 싣는다
쩌르르 피돌기 멎지 않았다고
코끝에 닿는 햇살 뜨겁다.
밭고랑과 이랑의 주름
넘나들던 닳은 노동의 펄럭임
접힌 그 등바닥에
압핀처럼 박혀 있는 흙덩이
떼어내자 금방이라도 날개 쳐 오를 듯

저, 저, 배추흰나비

개망초 엘레지

본디 그녀의 이름은 넓은잎잔꽃풀
이 땅이 받아주었기에
같은 하늘 아래 바람, 햇빛 쐴 수 있었지
백 년 넘게 외래종이지
시골구석마다 씨를 뿌리고
와글와글 하얗게 터뜨렸지
그들 옆에 서면 토종인 내가 외래종이지

메꽃

봄, 속절없이 보내고
한여름, 한낮에서야 연분홍 치마 입는다
젊은것들 킥킥대거나 말거나 립스틱 짙게 바르고
탄력 늘어진 허리 지팡이에 기대며 외출한다
고자화라 불리는, 열매도 맺지 못하는
늙은 메꽃, 은
태양이 뜨거운 한여름
지금이 봄이다
당신이 지금 웃거나 말거나

봄, 봄, 봄

흐드러지게 핀 꽃구경 나온 상춘객들 사진 밑으로
한 노인의 홀로 죽음 한 줄 자막이 스쳐 간다

파킨슨병을 앓고 있는 팔순 할머니 팔다리
박자를 벗어나서 심하게 흔들거린다
"내 나이가 으때서 사랑허기 따악 좋은 나인데……"
흔들거리는 손으로 눈썹을 그리고 입술연지를 바르고
둥글게 등 말고 유모차 끌며
복지센터 노래교실 가는 버스에 오른다

할머니 즐겨 입던 등황색 저고리 입은
시골 처녀 나비가
쑥부쟁이, 민들레, 엉겅퀴 꽃에 앉아
팔랑팔랑 온 몸을 흔드는 봄, 봄, 봄

벚꽃 사랑

며칠간의 짧은 연애

고요의 바람에도

후루룩 죄 떨어져 버렸다

풀숲에, 아스팔트에 몸을 붙이고

오래오래 쓸리지도 않으면서 여전히

아련한 색깔로 남아 있는

별 1

별 볼 일 없이 살았다
더 이상 갈 곳이 없는
만들다 만 길 끝에서
황소자리 남자가 브레이크를 밟았다
차 지붕의 뚜껑을 열자
네모의 하늘에서 별들이 반짝거렸다
와, 바로 머리 위에서 시곗바늘이 돌고 있네
전갈자리 여자가 북두칠성을 가리켰다

무덤에서

진묘수의 날개 위에 먼지가 쌓이는 동안

화분 바닥의 열쇠가 녹슬고 있다

찰각 찰각 지포 라이터 열고 닫는 소리의 기억이

하루 종일 계단을 내려온다

물을 먹지 못한 화분의 화초가

급히 꽃을 피우고

콘크리트 바닥에 노랗게 씨를 날렸다

별 2

저만큼의 거리에서 별이 반짝인다

늘 거기에 서 있는 그대가 아름답다

발자국

내가 멈추면 따라 멈추며
발소리 죽여 가며 따라와 주었다
문득, 돌아보니 삐뚤빼뚤
너도 늙어 있구나
오늘은
내가 너를 따르기로 한다

백호역절풍*

공원 옆 긴 의자 주변 기웃거리던 길고양이
이리 온 아가, 여기 개다래나무 가져왔단다
관절이 뚜두둑 절룩거리는 할머니, 길고양이 앞에서
개다래나무로 만든 장난감을 흔든다
냐옹 냐옹 눈을 감고 얼굴을 문지르고
좌우로 흔들거리는 할머니 손바닥을 털이 엉킨 길고
양이가 핥는다
익숙한 듯 할머니 품안에서 꼬리 좌우로 살랑거린다

유모차를 밀며 할머니 헉 헉 숨 쉴 때마다
목을 타고 올라오는 개다래향기 밴 그르릉 진동소리
앞다리를 쭈욱 내밀고 등을 활처럼 구부려 기지개를
켜는 저 길고양이들
발톱을 세우고 할머니 관절 뼈 마디마디 밟고 날아오
른다
백 마리의 길고양이가 일제히,

흔들흔들 할머니 뚜두둑 관절을 맞추며 다시 공원으

로 간다

* 백호역절풍: 한의학에서 통풍을 백 마리의 호랑이가 무는 것처럼 아프다고 해서
붙여진 이름

루시드 드림*

이 모든 일이 신께서 보시기에 좋았더라

마음대로 일이 안 되는, 바닥난 통장을 쥔
아픈 청춘들이 여기서도 저기서도 눈을 감는다
원하는 대로 꿈을 꾸기 위해 왼 종일 꿈속을 헤맨다
미친 건 세상이라고, 두두두 총을 발사한다
화면 가득 흥건한 피
모자를 눌러쓰고 마스크로 얼굴을 가린 드리머들이
현장검증을 한다
현실인지 꿈인지 수갑을 찬 손목을 들어 익숙하게 손
가락을 꺾어본다
어라? 손가락이 꺾이네, 현실로 가는 문을 찾아 옥상
에서 뛰어내린다

* 루시드 드림: 자각몽(自覺夢)이라고 번역되는 루시드 드림(lucid dream)은 꿈을
꾸는 도중에 스스로 꿈이라는 사실을 알고 꾸는 꿈을 말한다

비의적(比擬的) 풍경
혹은 삶의 비의성을 찾아서

— 성배순 시의 물질적 상상력 읽기

전해수

문학평론가. 1968년 대구 출생. 2005년《문학 선》으로 등단

평론집『목어와 낙타』. 현재 동국대, 홍익대 강사

비의적(比擬的) 풍경
혹은 삶의 비의성을 찾아서
—성배순 시의 물질적 상상력 읽기

전해수

성배순 시인의 두 번째 시집 『아무르 호랑이를 찾아서』
는 첫 시집 『어미의 붉은 꽃잎을 찢고』(2008) 에서 보여준
여러 가지 특징 가운데 신화적 발상과 전설, 설화, 민담 등
의 구전 이야기의 차용이 좀 더 심화되어 나타난다. 이 점
은 등단 이후 변함없이 탐구해온 성배순 시 만이 가진 독
특한 이야기 형식으로서 매우 주목되는데, 이는 세계와
의 불화를 받아들이는 시인의 시적 태도가 물질적 상상력
을 토대로 배태하고 있음을 증명하는 한 사례라 할 수 있
다. 이를테면, '팀블위즈'라는 서양 식물이 지닌 뿌리 없
음의 이민성을 적발하여 비유적으로 제시한다거나(「기둥
서방 1」), 도심에서 노숙자 철거반대를 외치는 시위 군중
을 매미로 비유한 발상의 근원에 티토노스 신화가 연관되
어 제시된다거나(「참 매미, 시끄럽다」), 대초원의 사바나

암사자의 질주하는 전력의 투쟁적 삶을 주목하면서도 동물의 왕국에서 흔하게 봄직한 수사자들의 서열 다툼을 떠올려 그 시적 형상화가 견주어 드러난다거나(「사바나 암사자」), 신화 속 반인반마 켄타우로스를 일상의 삶 속에 등장시켜 그 상상력의 진폭을 확장하는 등(「켄타우로스 공화국」) 비의적(比擬的)인 시적 상상력을 유감없이 펼쳐 보이는 방식이 흔한 그 예라 하겠다. 그런가 하면, 시인은 다양한 신화적 혹은 일상적 동식물 외에도 머리카락, 동전, 머리핀, 목걸이, 유리조각, 볼펜, 압핀 등 무심코 바라보거나 버려진 사소한 주변의 물질성에 주목하기도 하며(「구석의 구석의 구석의」), 현대적 생활필수품인 냉장고 속을 들여다보는 행위를 통해 불 꺼진 어두운 검은'(냉장)고'와 불 켜진 환한 붉은'(냉장)고'를 대비시키며(「冷藏 고에 대하여」) 현대적 삶에서 상상되는 빛의 명암을 사물을 통해 조감해보려는 표현방식을 매우 인상적으로 표출하고 있다. 예컨대 시 「冷藏 고에 대하여」는 '냉장'과 '고'의 채움과 비움의 비의적 이미지를 내부적 혹은 외부적 물질로 치환하여 대조하는 등 그 시적 상상력의 체계가 물질의 비의적 풍경 속에서 매우 독특하게 삶의 비의성을 천착하는 방식으로 형상화되어 흥미롭다.

방금 먹었다는 사실을 자꾸만 잊어버리는
그녀의 폭식증

의사는 금식을 처방했다.

먹을수록 세차게 밀려오던 허기가
비로소 사라진 것일까
그녀는 몸 안의 것들을 토해내기 시작한다.
30년 동안 쟁여져 있던
첫사랑, 웬수, 화살꽂이, 쓰레기통, 그리움……의
시꺼먼 비닐 아버지들이 녹아내린다.
순간 몸 안의 불이 환해지더니

붉은 冷藏 고는 검은 冷藏 고를 먹고 검은 冷藏 고
는 삼베 冷藏 고를 먹고

사라진 것들 금방 잊어버리고
몸이 먹은 밥을 또 찾는다.
冷藏 고가 있던 자리에 깊게 파인 자국

(이 시는 방부제를 넣지 않았으므로 반드시 냉장보
관 하시오)

— 「冷藏 고에 대하여」 전문

냉장고를 "冷藏 고"로 표기한 시인의 의도에는 '냉장'
과 '冷藏'의 언어적 의미가 다르게 인식되면서 '냉장고'

와 '冷藏 고'의 차이를 분명히 하려는 태도에서 비롯한 것으로 보인다. (冷藏과 고를 떼어 쓴 것도 '冷藏 고'를 한 단어가 아닌 두 단어의 의미로 보려는 시인의 독특한 언어적 관점을 엿볼 수 있다) 또한 마지막 행에 부기한 괄호 안의 문장은 별도의 한자 표기 없이 '냉장보관'이라 명명하고 있는데, '냉장보관'과 달리 '冷藏 고'는 보관의 의미보다는 냉장고에 물건을 넣고 빼는 문 여는 행위를 통해 드러난 '분출'의 의미가 오히려 더욱 강조되어 있다. 마지막 연에 제시한 괄호안의 부기를 통해 이러한 특징은 더욱 분명하게 구분된다.

"冷藏 고"는 그녀가 30년 동안 품고 있던 "첫사랑, 웬수, 화살꽂이, 쓰레기통, 그리움……의/ 시꺼먼 비닐 아버지들"이 보관된 '고'에 의해 (冷藏된) 시꺼먼 비닐봉지에 싸인 축적된 음식물들이 대방출되면서 새로운 국면을 맞이한다. 위 시에서 '분출'의 의미는 '고'를 열고 닫는 행위 즉 환함과 어둠이라는 빛의 확연한 등장과 소멸로 이어지는, 냉장고를 열고 닫는 행위의 변화와 맞닿아 있다. "붉은 冷藏 고는 검은 冷藏 고를 먹고 검은 冷藏 고는 삼베 冷藏 고를 먹"는다는 식의 전이된 분출의 상호관계는 위 시에서 주목해야할 중요한 부분이 된다. (냉장)고를 여는 '환함'과 냉장(고)를 닫는 '어둠'의 이중적 구도는 "먹"는다는 것과 "찾"는다는 것의 행위가 빛의 유무로 나뉘면서 冷藏과 고가 분리되는 이유와도 깊게 관련을 갖는다.

바로 "순간 몸 안의 불이 환해지더니// 붉은 冷藏 고는 검
은 冷藏 고를 먹고…(중략)…// 사라진 것들 금방 잊어버
리"는 바, "고"의 존재성에 대한 인식이 바로 드러나게 되
는데 이 점은 "冷藏 고가 있던 자리에 깊게 파인 자국"이
란 표현으로 미미하나 분명하게 제시된다. 그렇다. 존재
의 흔적은 남아서 다시 "먹은 밥을 또 찾는"(허기진)부재
를 극복하려는 행위로 드러난다. 결국 위 시는 괄호 안의
부기 "(이 시는 방부제를 넣지 않았으므로 반드시 냉장보
관 하시오)"의 지침에 이르러 사물의 존재성이 결정되는
냉소적 시선을 보여준다. 그런데 위 시와 같은 제목의 시
가 첫 시집에도 수록, 좀 다른 관점으로 '冷藏 고'를 형상
화하고 있어서 상당히 의미 있게 다가온다.

그릉그릉 가래 끓는 숨소리가 밤새 들려요.
낡은 몸 어느 구멍으로 바람이 드나 봐요.
몇 년 혹은 몇 십 년 꽁꽁 얼어 썩지도 못한 것들이
흐물흐물 비로소 녹아 내려요.
사람은 혼자 있으면 썩지 못한다고
제대로 썩어 싹 틔울 수 없다고
사람들 속에 멍들며 부딪혀야 둥글둥글 썩을 수 있
다고
일찌감치 등 떠밀고, 빈집 붙박이로 지키고 있던
그녀, 가 이제 꽉 찬 기억들을

물컹, 풀고 있어요.

어느 곳을 배회했는지

어떻게 걸어왔는지

무엇을 먹었는지를

다 드러내고 있어요.

그래요.

뼛속을 비운 새들이 공중을 날아요.

대나무들의 푸르게 빈 허리가, 연꽃의 빈 대궁이 꼿
꼿해요.

움켜쥐었던 땅 속 어둠을 화알짝

허공으로 놓아 버린 저 꽃들의 손을 보아요.

몸 속에 숨겨둔, 아직도 소화 못한 것들이 있거든

이젠 다 놓아 버려요.

그런데

도대체 이놈의 冷藏 고는 왜 이리 무거운 거죠?

　―「冷藏 고에 대하여」(제1시집 『어미의 붉은 꽃잎을 찢고』 수록시)

　위 시는 제목은 같지만 앞서 이번 시집에 수록된 「冷藏
고에 대하여」와는 확연히 다른 내용의 시임을 쉽게 알 수
있다. 첫 시집에 수록된 위 시는 냉장고의 기능과 형태 즉,
물건을 오래 보관하여 썩지 않게 하는 냉장고의 순기능과
크고 무거운 덩치를 지닌 그 형태의 의미에 주목하여 형
상화된 시이다. 한편 위 시의 비유적 표현이나 냉소적 시

선은 성배순 시의 특징으로서, 위 시에도 여전히 핵심적인 시의 분위기를 이끌고 있음을 알 수 있다.

그러나 이번 시집에 수록된 시 「冷藏 고에 대하여」는 좀 더 본원적인 '冷藏'의 의미와 '고'의 의미에 천착하여 그 비의적인 '몸'과 '빛'의 의미를 구분하고, '冷藏 고'라는 물질의 이질적인 상상의 세계를 더욱 확장시키고 있어 위 시와는 구분된다. 시인이 두 시를 구태여 넘버링하여 1, 2로 구분하지 않은 이유도 이처럼 독립된 시로서의 의미를 지닌 점, 상이한 구도를 그대로 편견없이 제시해 보여 주려 한 점 등이 반영된 것으로 보인다.

이외에도 시 「배순이라는 물고기」는 자신의 '이름'을 비의적(比擬的)으로 사용한 경우로 여타 물고기의 천적인 '입 큰 베스' 물고기의 다른 이름인 "배순"을 전면에 내세워 나를 둘러싼 부조리한 사태를 대타적 사물로 바라보면서 그 생리를 비판적, 회의적으로 묘사한다. 이미 물고기이자 시인 자신의 이름이기도 한 그 이중적 주체의 알고리즘이 '배순이라는 물고기'를 통해 자명하게 드러나고 있는 셈이다.

눈을 붙이고 쉴 줄 모르는
포식자, 움직이는 모든 것을 빨아들이는
놈은, 微國에서 왔다.
수초 위에 앉아 있는

작디작은 물잠자리를 먹어 치우고
폴짝폴짝 뛰는 개구리도 삼키고
지금 강과 저수지에 살고 있는 모든 것들을 입질하는
놈은, 지그재그로 지느러미 흔들며
수면 밖으로 살찐 몸뚱이 내비친다.
모래자갈 속 수백 마리 알들 고스란히 부화시키는
놈은, 이제 사람들의 몸속에
서식지 만들 채비를 하고 있다.
뇌 안에 구멍을 뚫어 숙주를 키우려고
영화 '괴물'의 마지막 장면에서 보았다.
세상을 조종하던 놈의 큰 입을
화면 밖을 삼키고도 남을 그 커다란 블랙홀
어느 날부터인지
자신의 이름도 토종처럼 슬그머니 바꾸고
우리에게 접근하고 있다.
입맛을 길들이고 있는 줄 모르는 놈에게
이름을 빼앗긴 줄도 모르는, 나는,

　　　　　　　　　　　　　　　　　—「배순이라는 물고기」 전문

　성배순 시인은 앞서 밝힌 것처럼 많은 시편들에서 작고 큰 동식물을 비롯하여 광물질에 이르기까지 다양하게 물질적 상상력을 묘파하는 데에 머뭇거림이 없는데, 이는 사물의 비유를 통해 시의 풍경이 비의적(比擬的)인 관계를 더욱 선명하게 드러낼 수 있다는 시인의 확신에서 비롯하는 것으로 여겨진다. 위 시에서도 알 수 있듯이 낚시꾼들은 큰 입 베스를 음어로 "배순"이라고 부른다. 배순은 시인 자신의 이름과 동일하여 아이러니한 상황을 연출하는데 이국적 "포식(자)"의 폭력적 상황에 놓인 주체의 이 비의적 풍경은 살벌하고도 억울한 국면에 놓이게된다. 미국(美國)이 아니라 미국(微國)에서 온 조그마한 '놈'이 살찐 포식자가 되어 강과 저수지에 살고 있는 토종 물고기를 잠식하는 (포악한) 행위에서 결국 배순이란 이름을 가진 나의 억울한 일면이 발생한다. 미국(微國)이 차지하는 영역은 그 이름 이상의 의미가 갖는 커다란 포식성 혹은 포악성의 결과물이며 이 괴물에게 무심코 이름을 빼앗긴, 혹은 "이름을 빼앗긴 줄도 모르는" 주체성이 상실된 "나는" 마치 포식자로 낙인찍힌 또 다른 희생양이 되어 큰 입 물고기 베스 "배순"에 의해 상당한 피해를 입는다.

위 시는 이름을 통한 정체성과 이름으로 인한 이중적 주체의 알고리즘이 '배순'이라는 물고기에 의해 구상화되고 있는데, 이런 비의적 방식의 시적 상상력이 시인의 물질적 상상력의 구도 안에서는 매우 자연스럽고 유연한 방식으로 쉽게 발견되고 있는 것이다.

열흘간의 휴가를 받은 무기수들, 지하에서 구더기

로 손가락질 받던 티토노스들이 지상으로 올라왔는
데, 나뭇가지를 잡고 나무에 오르려고 꿈틀거리는데,
몸통부분을 잘록하게 만들어 머리를 부풀리며 냄새
나는 가죽부대를 벗어버리는데, 까만 눈동자를 끔벅
이며 지하와 다른 세상을 바라보는데, 몸의 체온이
올라가기를 기다렸다가, 복부에 숨겨놓았던 발음기
관으로 '노숙자 철거반대'라는 소리를 만들어 일제히
맴맴 거리는데, 조용히 잠잘 권리를 외치는 대한민국
시민들, 물 폭탄을 만들어 쏘는데,

　방금 탈피를 끝낸 매미 한 마리가 신문 사회면 구석
으로 툭, 떨어지는데,

　　　　　　　　　　　　　　　―「참 매미, 시끄럽다」 전문

　매미는 실상 매미와도 같이 일생을 건 며칠로 생을 마감
하려는 듯 안간힘을 쓰는 '시위대'를 상정하고 있다. 매미
의 생태와 시위의 정황으로 비견된 이 풍경 속 비의성(比
擬性)은 '노숙자 철거 반대' 시위 현장에서 성배순 시인에
의해 시로 움튼 것으로, 시위자의 시위할 권리와 "조용히
잠잘 권리를 외치는 시민들"과의 사이에서 비의적 상황
을 형성, 어느 편도 들 수 없는 객관적 두 시선으로 바라보
고 있는 특징이 있다. 바라보기에 따라 매미는 노숙자 철
거 반대 시위를 하는 사람들일 수도 있지만 조용히 잠잘

권리를 주장하는 (시위로 인한) 무고한 시민일수도 있겠고, 시위를 제압하려는 물 폭탄의 물세례일 수도 있겠다. 이 삼각구도의 야릇한 풍경 속에서 "열흘 간 휴가를 받은 무기수들"인 매미의 짧은 생은 "지하에서 구더기로""지상"에서 "나뭇가지를 잡고 나무를 오르려고" 연속적 발악을 하며 "지하와 다른 세상을" 연이어 바라보려는 안간힘을 쏟는다. 그러나 일제히 "소리를 만들어 맴맴 거리는" 행위를 통해 드러난 '발악'의 비극적 결말은 신문 사회면 구석으로 툭, 떨어지는 방금 탈피한 매미의 죽음으로 표상된다.

시인은 매미의 울림을 통해 삶의 비의성이란 고작 사회면의 구석을 차지하고 스러져간, 현실의 참담함일 뿐임을 고의필적 반어법으로 구사하고 있는 것이다. "참 매미, 시끄럽다"라는 표현의 제목 또한 이러한 시인의 비의적인 시창작법을 잘 보여주는 한 측면이라 할 수 있다.(제목에서 엿보이는 비의적 특징은 이전의 시로는 「어머니 장월찬은 나 성배순을 낳고」, 이번 시집에는 '스토커, 엄마」 1, 2 등 성배순 시에서 자주 사용된다)

우리나라 마을마다 들판마다 봄이면
솜방망이 꽃이 활짝 핀다

상반신은 사람이고 하반신은 말인 켄타우로스가,

검은 켄타우로스가, 흰 켄타우로스가, 워커 신은 켄
타우로스가, 구두 신은 켄타우로스가, 군복 입은 켄
타우로스가, 양복 입은 켄타우로스가, 꽃 냄새를 맡
고 히힝, 히히힝, 정원까지 들어 와 뛰어다니는 동안,
한 옆에 가지런히 놓여 있던 도가니들이 하나하나 금
이 가고 깨져 버렸다

　법원 앞 화단에 솜방망이 꽃이 잔뜩 피어서 그 냄새
가 코를 찌르는 동안,

― 「켄타우로스 공화국」 전문

　그리스로마신화 속 반인반마 켄타우로스는 실상 말을
잘 타고 말과 한 몸을 이루듯 용맹한 기마민족의 신화적
표현이라고도 생각해 볼 수 있다. 그러니까 켄타우로스
는 "구두 신은", "군복 입은", "양복 입은" 모습이 가능하
게 그려진다. 절반만 사람의 형상인 그들이 구두 신고, 군
복 입고, 양복 입고, 제도적 권위 안에서 위세를 부려도 되
는 곳, "법원"은 그 대표적 장소로 채택되었고, 책무를 잊
은 채 폼생폼사 솜방망이 꽃만 휘두르고 있다. 썩은 꽃냄
새만 가득한 무법천지로 퇴락한 장소의 하나일 뿐인 "법
원"에서 무장 해제된 켄타우로스가 날 뛰는 모습은 결국
(만물이 생동하는) "봄"을 무색하게 만드는, 기준이 무너
진 법(정)을 대비적으로 드러내 보인다. "봄"일수록, 법정

의 잔혹성은 배가되고, "솜방망이꽃"은, 더욱 화려하게 피어 "코를 찌르는" 악취를 풍긴다.

지금쯤 아무르 강물에 몸을 적신 그가 푸르르
황갈색 몸 털기를 하겠다.
장백산맥을 타고 백두산으로 들어 왔겠다.
서둘러 아름드리 숲으로 간다.
으앙 스무 살 아가가 칭얼대며 쫓아온다.
으아앙, 서른의 아가가 고막에 대고 소리치며 운다.
안 돼! 절대 뒤 돌아보지 마!
귀를 막으며 커다란 너럭바위 밑 굴속으로 들어간다.

이제 함경산맥을 거친 그가 태백산맥을 내려오다가
방향을 틀어 차령산맥으로 들어 왔겠다
사람에게 노출을 꺼리는 그가 은밀한 그가
꼬리를 살짝 치켜들고 두둥실 나타나면
어흥, 닮은 두 눈이 마주치면
아기가 자라지 못하게 척척 모든 걸 대신 해주던 팔
다리
옜다~ 던져 주리라
커다란 아가를 업어주던 흰 등도
옜다~ 내밀이리라
그렇게 완전히 먹히고 나면

호랑이는 내가 되고 나는 호랑이가 되고
사뿐사뿐 산 넘고 물 건너 집으로 갈 테다
가장 먼저 벽과 천장에서 사탕을 떼어내고
어흐흥! 눈을 휘둥그레 뜨고
어른, 아기들에게 소리칠 테다
당장 이 집에서 나가!

─「아무르 호랑이를 찾아서」 전문

성배순 시의 신화적 발상과 물질적 상상력의 아름다움은 표제작 「아무르 호랑이를 찾아서」에서 또한 잘 드러난다. 아무르 호랑이는 중국 "장백산맥을 타고 백두산"으로 들어온 위엄 있고 독보적인 위장한 전설 속의 동물에 다름 아니다. 그러나 아무르 호랑이의 등장이 보여주는 긴장감이 어느새 한국이야기의 전설 속 친근한 호랑이로 치환되는데, 던져준 떡을 다 받아먹고는 결국 어머니도 잡아먹고 마을까지 내려와 남매를 위협하는 한국 전설의 호랑이 이야기가 연관되는 지점이 등장한다. "당장 이 집에서 나가!"의 호령은 "그렇게 완전히 먹히고 나면/ 호랑이는 내가 되고 나는 호랑이가 되고"만 상황의 비극성을 보여준다. 결국 기세등등한 아무르 호랑이의 위세는 사라지고 "나"는 "이 집에서" 쫓겨 가는 신세로 전락하고 만다.

모든 일들이 신께서 보시기에 좋았더라

〈

　마음대로 일이 안 되는, 바닥난 통장을 쥔

　아픈 청춘들이 여기서도 저기서도 눈을 감는다

　원하는 대로 꿈을 꾸기 위해 왼 종일 꿈속을 헤맨다

　미친 건 세상이라고, 두두누 총을 발사한다

　화면가득 흥건한 피

　모자를 눌러쓰고 마스크로 얼굴을 가린 드리머들이

현장검증을 한다

　현실인지 꿈인지 수갑을 찬 손목을 들어 익숙하게

손가락을 꺾어본다

　어라? 손가락이 꺾이네, 현실로 가는 문을 찾아 옥

상에서 뛰어내린다

―「루시드 드림」 전문

　그러므로 보잘 것 없는 인간의 행태를 인정하거나 인정
하지 못하는 '자각몽(自覺夢)'은 시인을 아프게 한다. 스
스로 꿈이라는 사실을 알고 꾸는 꿈, 즉 '루시드 드림'을
인정하는 데에서 시인의 희망은 다시 한 번 움튼다. 결국,
성배순 시인은 의도하는 꿈의 영역을 '시'라는 장르에 입
혀 표출하려는 욕망을 지니고 있는 시인이라 말할 수 있
다. 그것은 꿈속을 헤매는 행위로 등장하기도 하지만, 어
김없이 불미스런 일들을 향해 가격하는 총소리로 드러나
기도 하고, 수갑을 채운 후 손가락을 꺾는 자부심으로 나

타나기도 하며, 이상을 포기한 채 "현실로 가는 문을 찾아 옥상에서 뛰어내리"는 과감한 행위로도 등장한다. 의도한 욕망, "루시드 드림"을 통해 혹은 물질적 상상력의 비의적 풍경을 통해 시인이 드러내려 한 것은 결국 삶의 비의성을 다양하게 응집하여 시로써 표출하려는 시적 욕망에서 비롯한 것일 터. 성배순 시인의 물질적 상상력을 따라 읽으며 더불어 우리 삶의 비의성을 퍼즐처럼 한 마디씩 찾아가는 것, 성배순 시 읽기의 중독성은 바로 이 지점에서 우리를 매료시키고 있다.

시로여는세상 기획시선 009

아무르 호랑이를 찾아서

ⓒ2015 성배순

펴낸날	2015년 11월 1일
지은이	성배순
펴낸이	김병욱

펴낸곳	시로여는세상
등록일	2002년 1월 3일
등록번호	서초 바 00110호
주소	06583 서울시 서초구 사평대로6길 113, 101호.(방배동 상지)
편집실	03157 서울시 종로구 종로 19(르메이에르 종로타운) B동 723호
전화	02)394-3999
이메일	2002poem@hanmail.net
블로그	http//blog.daum.net/2002poem

편집 미술	김연숙
제작 공급	토담미디어 02)2271-3335

ISBN 979-89-93541-40-3 03810